KB140317

달빛그을음

도서출판
작가마을

달빛 그을음

초판인쇄 | 2020년 3월 25일
초판발행 | 2020년 3월 30일

지 은 이 | 김삼문
편집주간 | 배재경
펴 낸 이 | 배재도
펴 낸 곳 | 도서출판 작가마을
등   록 | 2002년 8월 29일제 2002-000012호
주   소 | 부산광역시 중구 대청로 141번길 15-1 대륙빌딩 301호
　　　　　　 T. 051248-4145, 2598　F. 051248-0723　E. seepoet@hanmail.net

ISBN 979-11-5606-141-0 03810   정가 10,000원

※ 이 도서의 국립중앙도서관 출판예정도서목록CIP은 서지정보유통지원시스템 홈페이지
 (http://seoji.nl.go.kr)와 국가자료공동목록시스템(http://www.nl.go.kr/kolisnet)에서
 이용하실 수 있습니다. (CIP제어번호: CIP2020012045)

달빛 그을음

김삼문 시집

자연을 통해 자라는 식물들은
햇볕을 쬐는 것부터 싸우지 않는 다는 것과
물은 아낌없이 언제나 함께 하면서 낮은 곳으로
유유히 흐르면서 나눔으로
더불어 살아가는 가르침을 주었다.
그러한 동심터에 대한 그리움은
살아가는 동안 많은 영감이 되어
중년을 맞이하는 오늘날까지 자연처럼 살게 하였으며
첫 시집 『또랑 놀이』는 어쩌면 과거와 현재의
미스매치처럼 에워싸인
세심한 성찰에 대한 시상이었다고 볼 수 있다.

청춘을 보낸 바다가 있는 항구도시 부산에서
청춘으로 자연과 함께한 시간은
상상의 가치는 마치 숲이 우거지면
새가 모여드는 것처럼 날아 다녔다.

내면에 있는 시간들은 저 넓은 바다를 향해
꿈을 꾸는 시간, 꿈을 펼치는 일상은
달빛 그을음이 되어 늘 살아가는 길목마다
곱게 밝혀주는 편안한 마음의 달빛이 되어 주었다.

두 번째 시집 『달빛 그을음』을 내면서
부족한 저에게
박중선 교장 선생님께서 '河林하림' 이라는 호를 주시고
해설을 써주신 문선영 문학평론가님,
작가마을 배재경 대표님, 저와 함께하는 모든 분들께
진심으로 고마움을 전합니다. 감사를 드립니다.
두 번째 시집을 내며….

2020년 봄

김 삼 문

• 차례

2부 | 이야기 길

• 차례

3부 | 마중 가리라

달빛 그을음

4부 | 민초의 이름으로

• **차례**

5부 | 중년의 길 위에

제1부

꽃의 이름으로

무소유 꽃

꽃바람이 찾으니
이름 모를 꽃
너는 꽃이로다.

동백꽃 사이소!
이름 있는 꽃
너도 꽃의 이름으로
서로 나뒹굴어야
무소유 꽃이 아니겠소!

덩달아 춤을 추는
이름 모를 새
사르르 찾아오는 무소유 길

시시각각
사계절 마다 사랑하리.

이름 모를 꽃바람

엊그제 소리 없이
진눈깨비 흩날리다
앙상한 가지 위에 얹어 놓았다
호호 너도나도

시간이 길을 내주었지
세세하게 비집고 들어오는
봄이 오는 소리
꽃망울 봄을 맞이하는 동안

눈을 지그시 감고
겨우내 심란했던 보따리
따스한 봄 햇살에 녹여보지만
눈치 없이 날아든 살갗에 닿은 바람
이름 모를 꽃바람 따라
봄의 한가운데를 걷는다.

너는 꽃이로다

너는
봄이 오는 날 예쁜 꽃으로
나는
아름다운 사계절 화려한 변신으로
너는
여름날 푸른 잎 새 생명으로
나는
늘 세월 길목마다 신바람을 안는다.
너는
앙상한 가지마다 함박눈꽃으로
나는
웃음꽃으로 사계절 따라 세상을 마신다.
너는
꽃이로다.
나는
이 강산에 살기 좋은 사계절을 심는다.

동백꽃 사이소!

육계도* 따라 걷다보면
동양화 한 폭의 동백섬
동백꽃 사이소!
상큼이 안아줍니다.
동백 꽃길 걷다보면
한 굽이 돌면 문인의 정원이요
이 모퉁이를 돌면 말을 걸듯 말 듯한
달빛 그을음 벗이 안아줍니다
저 모퉁이를 돌면 빼어난 풍광에
자연의 평화로운 광장이
오늘도 선뜻 선뜻
내어준 사람들과 세상걷기
살아 숨 쉬는 해운대

---

* 육계도 : 해안선에 가까운 섬이 사주나 사취에 의해서 육지와 연결된 섬으로 동
  백섬은 좌동, 중동, 우동으로부터 모래가 떠 밀려와 아름다운 섬으로 최치원 학
  자께서 석각에 "해운대" 라는 글을 새겨 오늘날까지 전해 옴.

가시나무새

자유다
자유다
자유롭게 드높이 더 많이
나를 수 있기에
저 언저리 가시나무새 앉아
치유 치유 울어댄다.
바람 따라
흩어진 날갯짓으로
구름 따라
앞가슴 열어놓은 탓으로
방향 따라
자유를 낳은 너를 잠시 안을 수 있었다.
새야
높은 자리 내려앉은
가시나무새야
더 많이 내려놓은
가시나무새야
너 정원이 마치 봄 햇살에 세인들 꿈
수를 놓는 것 같구나

동백꽃 한 아름

동서남북 넘나드는
해맞이 운촌 항
집 앞 춘천 천 비친
해넘이 황홀한 밤이 지나면
문득 문득 피어나는 봄의 아지랑이

화강암 밑을 돌돌거리며 흐르는 동안
장산의 혼들의 아침은 춘천으로 잉태하고
육계도 걷는 아침은 동백꽃 한 아름 안고서

풍성한 풍광에 얼싸안은
해운대 사람들
서정이 이대로 좋아 나그네 마저 품으니
신춘新春으로 살아가는
신바람 나는 사람들 아니겠소

* 운촌항(춘천 천): 현재는 매립되어 마린시티가 있으나, 장산에서 춘천 천으로
  흘러 바다의 해운포로 만나 동백섬은 육계도이었다.

사르르 찾아오는 길

처음 보는 사람
웃었지요.
자주 보는 사람
방긋 웃었지요.

천지天地는 친구
휘감은 이름 없는 꽃잎도 친구
바람에 삼삼오오
허리춤 후끈 달아올랐지요.

춘심春心 따라
사랑 하고픈 사람
사르르 찾아오는 길

아 이토록 아름다운
꽃 길이 될 줄이야

시시각각

만물의 꽃
수많은 향기 거느린 탓인지
예쁜 꽃들에 입맞춤

봄
여름
가을
겨울
시시각각 오색등 옷으로
시집을 오는데
1989년 경주 최씨 가문으로 장가들어
아슬아슬한 세월 속 가족사랑
시시각각
삶의 향기를 품었다
2020년 장인어른 잃은 슬픔에
그리운 마음은 벌써
대전 현충원에 머무네

* 장인어른(최현옥): 1932년 상주출생으로 6.25 사변, 월남전에 참전, 육군상사로
  전역하였으며 국가유공자로 대전 현충원에 고히 잠들다. 국가를 위한 희생 영원
  히 잊지 않겠습니다.

사계절 마다 사랑하리

봄이 찾아오면
눈을 지그시 감고
봄 마중 가리라

여름이 되면
연녹색 날갯짓으로
오늘 일기를 쓰리라

가을이 오면
살며시 내려놓고
전율하는 심장을 불러 세우리라

겨울이 되면
겸허하게 살려는 세상
모두 사랑하리.

무소유

내가 바라보며 사는 지평선은
서남은 오륙도 앞바다요
동북은 동백꽃 향기 따라
대마도가 눈앞에 보일 것이로다!
내가 생각하는 지평선 사회는
가난은 희망의 꿈을 꾸는 것이요
부자는 보이지 않는 나눔을 실천하는 것이로다.
내가 남기고 가는 지평선 세상은
무소유 원칙
여기도
저기도
무소유 지평선이 보이는 것이다

일상은 친구

하늘에 맞닿은 가을
푸른 일상은
사이사이에 내려 놓을 때
일상의 친구는
보일 듯 말듯
까칠한 육신은 따스한 햇살에
덩달아 화장을 한 중년 신사
자연의 일상과 삶의 여정
자르르 흐르는 물처럼
언제나 친구가 되어
늦가을 일상에 내일을 포개어
형형색색
한 폭의 그림을 그려 놓는다.
우리는 자연 닮은 친구 같이
살아보자고

지는 꽃은

지천에 피었다 지는 꽃은
스치는 인연
모두 보지 못하는구나.

석벽을 두루 안고
흐르는 물
만나는 인연
모두 담아보지 못하는구나.

산도, 들도 사계절
옹기종기 꿈
가지려는 인연
모두 주지 않는구나.

강바람, 별도, 달도
소중한 친구되어
인간 세상사
소중한 인연 건네는 손짓 마다
모두 담아보지 못하는구나

나뒹굴어야

너와 내가
뜨겁게 부둥켜안고
나뒹굴어야
서로 사랑을 느끼듯이

원두커피와 내가
얼음 둥둥 띄워
긴 막대기 쿡쿡 떠밀어
나뒹굴어야
서로 하나의 맛이 되듯이

어떤 인연과 나
언제나
골고루 나뒹굴어야
세상은 온통 아름답겠지

꽃의 이름으로

꽃의 이름으로
꽃망울로 몽글 맺힐 때까지
얼마나

꽃의 이름으로 피기까지
얼마나

꽃으로 피어나
향기로운 내면을 주기까지
얼마나

꽃으로 꽃의 이름으로
아름답게 살기까지
얼마나

꽃으로 살다가
떨어져 아플 때까지
얼마나

〉
꽃의 이름으로 썩어서
흙에 묻힐 때까지
얼마나

꽃의 이름으로
다시 태어나기까지
얼마나

꽃의 이름으로
깨달음 있을 때까지
얼마나

향기만 가득하니
너의 꽃은 꽃이로다.

변하는 사회는

황금 들녘
청정 메뚜기 노닐던
농경사회
우리는
시골장터 웃음 띤 꽃은
언제나 친구가 되었지

남녀노소
사생활 노출된
정보사회
우리는
도시 장터 인간 사이 웃음
엄지 손에 꽃이 피었지

수십, 수억
지적재산 산재하고
국경을 넘나드는
초연결 사회*

우리는
연결 장터 인ㅅ 꽃을
세상을 치유하는 장터로 변하였어.

＊초연결 사회(hyper-connected society) : 일상생활에 정보기술이 깊숙이 들어
　오면서 모든 사물들에 연결되는 사회로 어쩌면 인공지능(AI)이 시를 짓는 시대
　를 맞이 할 듯한....^^

풍경 속으로

아버지
아침을 여는 헛기침은
저 산 너머
긴 인연들의 뚜렷한 타종소리
낮은 걸음으로
밝은 모습으로
언제나 저 너머
이웃들과 삼라만상森羅萬象
꽃으로 피었지
아버지 아들이
아침을 여는 헛기침은
저 바다 한 시절 뽈그스레한
아슬아슬함이었어.
낮은 메아리 걸음으로
밝은 그리움 모습으로
언제나 그 바다의 자유분방
풍경 속으로
펼쳐지는 삼라만상* 판치하라하네.

* 삼라만상(森羅萬象): 우주 사이에 벌여 있는 온갖 사실과 모든 현상

제2부

이
야
기
길

비 속의 사랑

빗소리는
듣지 않아도
빗방울은 보고 있었네!
쏜살같이 내리는 비
보지 않아도
각양각색의 인연 맺어주었네
비는 우산 속에 갇혀
속삭이는 사랑은
묻지 않아도
아낌없이 부서지는 소리 내지 않았네!
허허,
어찌 너를 사랑하는 만큼
우산 속
인연을 사랑하지 않겠니

삼포*로 가는 길

해운대 삼포로 가는 길
미포의 철썩이는 동해바다
비상하는 갈매기 얼씨구 좋아
꿈꾸는 바다 젊음을 잉태하고
솔 냄새 가득한 해월정에 이르면

청사포의 빼어난 풍광에
우리 모두 시상의 천국이 되어
굽이굽이 발길 닿는 곳마다
해운, 옛길 굽이를 더 돌아가고픈
선인들의 매력이 숨 쉰다

구덕포의 십오 굽이 소나무 숲길 지나
바다와 맞닿은 대한팔경의 묵객이 되어
너도 나도
해맞이, 해넘이 경계를 허무는 사람들
삼포로 가는 길마다
신바람의 시상이 세상을 수놓으니

가면 속에서 눈이 부시도록 갈망한 바다
위선 속에서 서성이던 발자국
이 모두
비워야 할 여운이 굽이마다
시인이 되어 가네

*삼포 : 미포~청사포~구덕포 십오 굽이 마다 싱그러움이 넘친다.

초량 이바구길

오늘 모자를 쓰고 싶지 않았어!
왜 그랬을까
항구도시 역사를 꾹 담고 싶어서다

오늘은 초량 이바구길 걷고 싶었어!
백제병원도 만나고
남쪽바다 끝 나루터 몰아친 삶
옛 서정도 만나 그리운 님의 표상이니

이순간만은 내려가기 싫었어!
김민부 전망대 시인을 만나니
왜 그토록 시인은 요동치는 걸까
그저 옛 시인을 만났을 뿐인데
그래
그토록 항구는 사람이고 시인이고 싶었을 거야

초량 이바구길 취하고 있었어
장기려 더 나눔 취하고
사람에 인연에 취하고 싶었어

허허, 들썩이던 어깨춤이 중국관에 이르니
부산갈매기여
부산 항구여
부산 사람이여
취하고 또 취하는 술잔인들 어떠하리

초량 이바구길
기쁨이 오늘에 있으니

* 초량 이바구길 : 부산역–백제병원–담장갤러리–동구인물–김민부 전망대–이바
구 공장소–장기려 기념 더 나눔

문탠로드Moontan Road

십오 굽이길
별들의 고향 은하수라고 부르듯
옛 선인 해와 달 품은 해운海雲
매순간 새로운 대지의 숨
달빛 향해 발길 끊이지 않는
달맞이길 걸으면

산과 바다가 내어준 길
대한 풍경은 왕의 귀환 꿈꾸듯
너도나도 사색에 잠겨
달빛 그을음 망부석 시인이 되는
문탠로드 걸으면
새벽을 일으켜 세우는 사람들
저녁노을에 이별을 고하는 사람들
인연이란 하늘에서 정해 주는 것이라고
너야말로
사랑할 수 있겠어 부르짖는 사람들
그 중에서 가장 반짝이는 별
문탠로드 따라 걷다

달빛에게 건네는 말
이별은 재회의 시작이라고

황령산 야경

허연 파도
거품만 일렁이는
부산 바다만 있는 줄 알았어.

운해가
밤새도록 푸른 잎
하얀 꽃으로 얼싸 안은
황령산 야경이 있었구나!

파도는 운해가 부럽고
운해는 파도가 부러운 듯
황령산 찾은 나그네들
파도는 운해를 품듯이
나그네들 야경을 품어
불빛의 화려한 외출
남녀노소 가지려는 사랑에
소쩍새도 함께 밤을 치세웠네.

해운대 시장

헬로우+Hello
어릴 때에는 나그네들로만 알았다
그대의 오늘은
동네방네 멋이 되었고

모시모시もしもし
어릴 때에는 먼 나라인 줄만 알았다
그대의 이웃나라
해운대 시장 찾은 그대들은 멋이

여보세요,
내가 어릴 적부터 친숙한 언어 탓인가
가끔 들리는 막걸리 집
아지 메 한 잔 하고 가이소
아주 다양한 사람들과
깊어가는 밤은 함께 익어간다

흔들흔들 세상 일기 써 내리며

해운대 갈맷길

해운대 오시거든
살랑 살랑 걷는
갈맷길

동해 여울목 푸른 바다
이름 모를 갈매기 날고
엎어질 듯 펼쳐지는 환상의 요트놀이
춤을 추는 파도 따라

영혼은 이미
동백섬 두루 안고
해운대 해변 찾은 임의 발자국도
얼씨구, 노래 춤 얼싸 안으며

아름다운 해운대
살아가는 달콤한 작품이 되는
오는 해
지는 해
나그네 발걸음이 멈출 줄 모르네

광안대로

뿌연 운해 속 나르는
이름 모를 새처럼
광안동 수변공원에 앉아
외로움에 멍이 든 그때 그 사람
마음을 그리며 날리고 싶다

뒤따르며 나른 떼 지은 갈매기
아무런 영문도 모른 체
앞으로 높이 날며
하나 둘 날갯짓으로 ^^ 새겨준다

아무리 허공을 나는 너지만
스쳐가는 인연 일 뿐인데
헐헐 날갯짓하며
광안대로 추억만 새겨 내는지
차마 물어 볼 수가 없구려.

하얀 하늘에 펼쳐지는 그리움 보따리
한 마리 그리움 새가 되어
온 누리로 날리고 싶다.

아마 골프

잘 꾸며진 골프장
일터에 지친 나그네 들랑날랑
쉼터를 제공하니

부드러운 율동으로
적당한 힘의 균형으로
감동 배분하여 저 멀리 공을 날리면

그림 같은 연기는
많은 것을 비우게 하고
땡그랑 꿈꾸며 라인 따라 공을 굴리는 기회로
사람과 사람
행복과 불행은
기쁨을 두 배로
때로는 안타까운 마음과 마음으로
세월을 엮는 즐거움에
하루의 일기를 써 내려가는
아마 골프 사람들

바닷가

바닷가
속이 훤히 비칠 물결
날마다
새로운 아침을 맞이한다.
위로는
자유 입맞춤
짝을 찾아 갈매기 날고
아래에는
사람 사는 이야기 듣고
새 생명 찾아 떠나네.
바닷가
은빛 모래의 백사장
앞으로는
수줍은 듯 고개 숙인 채
새 꿈을 내뿜는 사랑에 빠져드네.
뒤로는
앞의 일이나
한세상 보았으니
천방지축 세상을 향하여 웃고 있네.

발걸음이 멈추면 생각이 멈춘다

온 누리가 아무리 메말라도
이렇게
쭈룩쭈룩 비가 내리는 날
함께 우산을 쓰겠어요.

온통 미움으로 가득 차더라도
이렇게
득실득실한 도심에서
포근히 안아 드리겠어요.

살다보면
마음이 서글퍼 올 때에도
이렇게
고요한 멜로디에
커피 한 잔에
두 손 꼭 잡아 드릴게요.

발걸음이 멈추면
생각이 멈추는 마음마다

이렇게
뚜벅뚜벅 걸어가는
당신에게
하얀 눈이 내리는 발자국이 되겠어요.

뻐꾹새가 울고
소쩍새가 우는 날에도
이렇게
너와 내가 그림자가 되어
사랑한 날만 그리워하겠습니다.

사는 이야기

우리네 벗들도
늘 바람처럼 모였다 헤어졌다
싫어했다 고마워하였다
웃었다 울었다
시시각각 살아가는 일들이
자연이 주는 표현 모습처럼
변화의 연속이었다.

그러니 정답은 없을 것이다
누구는 돈과 권력이
누구는 건강과 죽음이
누구는 가족화목과 헤어짐이
누구는 살다보니 별일이 다 있다 하고

그렇다 시시각각
자연이 주는 것처럼
그렇게 살다 가는 것이 인생살이 아닐까
자연은 사는 이야기
행복을 자연 속에 담아 보자고 속삭인다

꿈 같은 세월

오십여 년 그대로
산과 바다 뚜렷한 모습 포개어
흘러가는 구름이
늘 조건 없이 찾아오는 세월 닮아

해맞이 년도
누르기 힘든 유혹은
그리운 바다일기가 되고
해넘이 년은
살아가는 삶 이야기
산 그림자처럼 남아있네

오는 년
가는 년 그 시절
아쉬운 아련한 추억
잡을 수 없는 세월보다 더
생생하게 올 것 같은 꿈같은 세월
소중한 마음에 남아만 가네.

나는 왜

아침마다
신문을 읽었던
아버지 아버지가
왜
소셜미디어 팬이 되어야 하는가

사라지는 담배 연기를
내 뿜었던
아버지 아들에 아들이
왜
건물 밖에서 서성거려야 하는가!

열망하던
그때 그 시절 노래들이
아버지 어머니가
왜
인류생존에 꼬부랑 노래를 불러야하는가

상부상조 하였던

형형색색 산업의 현장에서
아버지 형님 누나들이
왜
한강의 기적을 일으켰는가!

엄지 끝이 주는
세상에
지구촌 젊음이 친구 장년 친구가 되어
왜
행복이 찾아드는 미래창조 부르짖는가.

동백섬 이고지고

날마다
동쪽 와우 산 지평선에
붉은 해 하루를 밝힙니다!
서쪽하늘에
동백섬 이고지고
나그네 품에 안겨
세상사 일구어 냅니다!
백양산 서쪽에
가물가물 해넘이
내일 또다시 떠오르는 붉은 해
너와 나
손잡고 마중 갑니다.
북쪽에
반짝 별 수놓은 밤하늘
동네방네 웃음으로
황홀한 밤 속삭입니다.

삼어三魚마을

삼어三魚가 어사가 되어
나라 부름을 받듯이
삼어三漁가 강물을 만나
바다를 품는다!
우시산국 웃뫼 품어
수영강 대마도 노닐다
웃뫼에
장산에 이르니
옥봉산
석양에 천년 세월 삭이어
사랑 타령 그림자도 있어라

* 삼어(三魚) : 마을 세 곳의 돌탑이 어사 탑으로 어사가 세 사람 나왔다 하여 붙
  어진 마을이다. 마을 앞으로는 옥봉산이, 뒤의 웃 뫼는 장산으로 지명이 되어있
  으며 현재는 반여동 지역을 말한다.

달빛 그을음

김삼문 시집

제3부

마중 가리라

마중 가리라

야밤에
무슨 일들이
뻐꾸기도 밤에 우는가!
서쪽에
해가 뜨거든
우는 새 모두모두
마중 가리라

나에게

이 세상에 처음 태어나
오르면 오를수록 환희의 기쁨이
나에게
곳곳에 태어난
대자연은 오를수록 대가없이 나눔이
나와 너에게
착한 세상은
자연 사회 나누면 나눌수록 행복이
당신에게
나에게 사람 사는 세상
마중을 가라하네

봄 마중 가야겠다!

운촌의 새벽을 일으킨 파도
따뜻한 봄 햇살
안아주기라도 하듯
은빛 물결로 나그네 붙잡는다.

새벽 시름에 일생의 편지 한 통
살랑살랑 부딪히듯
해풍의 안부편지
수평선 아득한 임 소식까지
얼씨구,
옹글 봄 새싹에 몽우리 얼싸 안는다

언제나 그랬듯이
봄은 어김없이 찾아오고
바람은 누구에게나 풍부하게 주었지
오늘은
싹이 돋아 손짓하듯
그대를 맞이하러
늘
봄 마중가리라

쉬엄쉬엄

손때 가득한 지게
등에 지고
인생의 무거운 짐 한 아름
오늘은
개울 건너 저 편에 쉬어 가라 하네
할미꽃 만발한
발길 닿지 않은 한적한 곳
무거운 짐 내려놓은 헐벗은 벗에게
보랏빛 꽃향기 봄소식 행복 안아주니
잠시
내려놓은 무거운 짐
금수강산이 부르는 언덕에서
이토록 달콤한 풍경 일 줄이야
아아,
남은 세월 쉬엄쉬엄
늘
가슴 심장소리 함께 열어가며
살아가라 하네.

그건 그렇고

아침 햇살 내준 탓에
캄캄한 밤
두루 만져 예전처럼
눈을 뜰 수가 있었어.
일상처럼 텔레비전은
온 방안을 가득 메우고
처음부터 내 것이 아니었던
세상 놀이 들랑날랑
그렇게 아침이 익어갈 무렵
읽어 내리는 글마다
미지의 세계
그건 그렇고
봄날이 찾아든 아침
봄 향기 마시며
그댄 봄비를 무척 좋아하나요.
흥얼거리고 싶은 세상사

해변의 연인아

여름 내내
아름다운 해운대 해변을 찾았다
그리고 그 연인을 만났다

이름 모를 어여쁜 연인
두 팔에 안겨 어스러지는 포옹
사랑
사랑이 있었어!
아
만취한 세월은 응원이라도 하듯
연인의 가슴에 부딪혀
밀려오는 파도 따라
온 세상을 맡기고 말았다
아
아름다운 해변의 연인아
언제 또
우리 만날 수 있을까

봄은 왔는지요!

동네방네 그윽했던
잔치들은 다 어디 갔소!
제기차기 남녀노소
숨바꼭질 아들딸 어른 구경
옛 그리움 이야기 소록 살아난다.

이웃집 굴뚝마다 넉넉한 해넘이
흰 연기 내뿜던 그곳은 어디 갔소!
빡빡머리 옛 모습
긴 머리 애달픈 사랑
어찌 그리움으로만 남겠소.

소쩍새 우는 내 고향
봄은 왔는지요!

흔쾌한 세월아

시간이 소멸되는 낙동강변에서
자투리 시간만이라도
니캉 내캉
옛정 찾아 호흡을 함께 하였어
그것도 모자라
하루가 빈손으로 흘러간다며
낙동강 석양빛 한 조각
너와 나
한 보자기에 담아 보았지
아
흘러가는 흔쾌한 세월아
순간순간을 마주보는 언어로
호흡을 함께하는 소중한 시간들로
눈가에 그리움 또 새겨 두었구나.

빠름과 느림

손 끝 부지런함으로
빠름 빠름을 불러댄다
언제 어디서나
빠름 연결이 대세인 세상
누가 우리를 부추기고 초라한 환경을
만들어 가는가!
아 서정 없이 정체불명의 말투까지
안아주는 세상
느림 치유는 누가 해줄까

새벽이 운다

어둠의 끄나풀에
황홀한 밤
구곡 언저리에 때때옷 입어
얼씨구, 춤을 춘다.

어김없이 콘크리트 벽을 따라
멀리서부터 가까이
더 가까이
오늘도 날이 샌다.

공간의 자유
틈과 틈 바람이
위에서 옆으로 아래로
새벽이 찾아 운다.

혼돈의 한가운데에서

* 구곡(九谷) : 거창과 함양의 경계선으로 아홉 골짜기에 마을이 형성되어 현재
  는 귀곡마을로 불리게 되었다.

달빛 그을음

겨우내 까치들의 발자취로
해와 달을 품은 꽃망울 틀었다
봄 햇살에 여기도 저기도
번지 없는 꽃들에 가냘픈 날갯짓으로
인연들을 맞이하는가 싶더니

여름 내내 푸른 잎 더하여
덩실덩실 조건 없는 햇살을 맞으며
달빛 그을음 가을날엔
익을수록 갈라놓을 수밖에 없는 인연들도
빨강 입술엔
먹음직스러운 맛깔 사과
인간들과의 사랑
내려 놓을수록
달빛 그을음 따라
자연으로 돌아가는 길이
참으로 아름답구려

다시 돌아가리라

물이 위에서 떨어져
물레방아* 돌려내듯이
내일로
돌아가리라

물이 많아서 보다
꾸준히 아래로 떨어져
물레방아 얼싸 안듯이
언제나 포근한 마음으로
다시 돌아가리라

물은 낮은 곳으로 흘러
물레방아 도는 힘을 가지듯이
오늘도
꿈꾸는 마을로 돌아가리라

* 물레방아 : 조선 후기의 문신 실학자 연암 박지원이 안의현감(지금의 거창 함
　　　양)으로 재직 중에 재건하였다.

반쪽

바람이 불 때마다 햇살을 붙잡고
새벽 찬 서리 맞으며 함께 쏟아지는 날
뽐내음도 잠시 터질 것 같은 붉은 사과
사뿐히 반쪽으로 변신하고 말았어.

양손으로 아주 아프게 갈라놓은 탓에
한쪽은 바다 건너
한쪽은 깊은 산속으로
양손의 힘으로 배분된 탓에
다른 맛으로

또 다른 맛으로
눈물의 파티 장으로 변해가는 너
깨물고 싶은 마음도 없는 반쪽 붉은 사과

수영강

삼어三魚*가 노닐든
수영 강이 바다를 만나
오시는 임
꼭 붙들고
삼어三魚가 노닐던
그 옛강 따라
생시거든
아름다운 생태세상
한 폭의 산수화
꼭 그려 주옵소서.

* 삼어(三漁) : 봄철의 황어. 여름철의 언어 겨울철의 연어가 수영강 상류로 올라
  오는 고기가 강에서 뛰어 놀아 풍년과 풍류를 함께 즐기며 현재에 해운대 역사
  를 써 내리고 있다.

상상

책 보따리 꿈길은
숲속의 오솔길 따라
낮이고 밤이고
슬리퍼 질질 끌고
코흘리개 철부지 그대로 이었어!

가방 들은 사춘기는
청춘이 멋이야
은빛 파도 속삭임처럼
반짝반짝 빛나기도
가슴마다 사랑이 꿈틀거리고
아슬아슬하게 홀딱 살았답니다.

불혹은 그저 그렇게
지천명*
맨발로 걸어가는 길 따라
또 다른 상상*이
찾아오는 것은
누구의 가르침 입니까

* 지천명 : 하늘의 명을 받았다는 뜻으로 나이 50세를 비유적으로 이르는 말.
* 상상 : 과거의 경험으로 얻어진 심상을 새로운 형태를 재구성 하는 정신 작용.

한가위 차례 상

천구백구십 년을 꿈꾸는 아버지
이천 년을 맞이하는 어머니
새 희망의 가족사랑
웃음 함께 지으셨지요

봄이 오는 날
아버지를 잃고서
어머니
처음으로 세상을 무서워 하셨지요.

한평생 삶을 지으면서
아버지, 어머니 긴 한숨은
언제나 자식 걱정 벗이 되었지요.
어김없이 주기만 하는
따스한 햇살처럼
따뜻한 손길은 내내 잊을 수 없습니다.

아버지
우리들과의 약속은 어찌 지키렵니까.

환갑잔치 가족들과 함께 하자던
껄껄한 웃음 띤 사내의 큰 약속을

어머니
자식들과 선약은 어찌 하시렵니까.
이순을 넘긴 기쁨으로
칠순잔치 손자들과 하자던
미소 띤 그 여인의 아름다움을

아버지
어머니
그립습니다.
그리고 당신들의 따뜻한 가르침은
대대손손
영원히 함께 할 것입니다.

※ 아버지(1989), 어머니(2002) 소천하셨습니다.
　　그래서 불효자식은 오늘도 가르침을 가슴에 새겨냅니다.

꿈에 본 내 고향

뒤엉켜 깔깔대며
코흘리개 만나는 자리마다
옛 엿장수
그리움이 찾아 왔지요

아저씨 나이가
내 나이가 되고
우리의 눈망울은 금세
아저씨 나이가 되어
허름한 리어카
가난도
히죽히죽 웃는 날로 찾아 왔지요

세상에 대한 성찰이 뒤섞인
시 같은 문장들에
산 좋고 물 좋은 선비의 고장
아 그리운 내 고향
코흘리개
그날이 찾아옵니다.

꿈 마중 가리다

등이 휠 듯 말 듯한
반세기 살았던 죄인 듯
꿈에 소꿉친구
새벽을 달콤하게 삼켰다
캄캄한 밤이 찾아오면
호롱불 밑에서 별을 이고
코흘리개 딱지놀이
명군아 장군아
온 동네 시끌벅적 들썩이는 꿈을 꾸고 나니
바다가 품은 동백꽃 오늘이라
가족 꽃 피운다는 핑계의 늪
등을 꼿꼿이 세우며
앞만 보고 살았던 죄인들
꿈속에 너를 만나
지천명 하늘의 명으로 너를 끌어안는다.
뜨거운 열정으로 울부짖는
그리움 꽃으로
눈동자 적시는 새벽을 일으켜 세운다.
보고 싶구려.

달빛 그을음

김삼문 시집

제4부

민초의 이름으로

민초의 소리

발원지 물이
강을 만나 바다를 부르듯
민초의 소리
작고 큰 염원의 한
매일매일
평화의 바다를 품는다.

흐르는 동안 깨끗한 물
유유히 낮은 곳으로 품듯이
민초의 소리들은
겸허히 포용의 품으로
매일매일
소통의 인생놀이
서로 더 사랑했으면 좋으련만
흙탕물 고스란히 안고서
바다의 향기들에 물속놀이
시간 가는 줄 모르는.

자연은 참 아름답구나!

민초의 해와 달

삼면이 바다 신비의 땅
해와 달처럼 밝은 총명
대한민국

봄
여름
가을
겨울 사계절 아름다운 이 강산

삼면이 바다로
남과 북으로 경계를 두지만
하루하루의 날을 서로 사랑하고픈 희망의 시간들

해와 달 품성 닮은
사람 사는 이야기
한 땀 한 땀
현실은 민초의 바람으로
꿈들은 희망의 바람으로

달에 비쳐오는 대한민국이
아침에 뜨는 밝은 해 같아라.

민초의 길

사람 나고 돈 났지
돈 나고 사람 났나요.

민초의 길 위에
길이 있었고
민초의 길 아래
길이 있었네

사람 나고 길이 났지
길이 나고 사람 났나요.

민초의 생각에 언제나
길이 있었고
민초의 나눔에 언제나
길이 있었네!

세월이 흘러도
새날이 찾아든 바람은 온누리
자아, 자화상
포근한 바람이 있어 좋아라.

민초의 동지팥죽

동짓날
아세 이름을 불러 주었고
태양의 부활
민초의 작은 설 맞이 하였어.

붉은 태양 아래
비옥한 땅을 일구어
열매가 맺힐 때
서산에 걸친 땀들이 오늘이라

붉은 팥 푹 삶은
어머니들 한해 살이
손때 가득 묻어나는
나이 새알심
이웃집 넘나드는 달콤한 민심에
한 살 더 먹는
즐거움 있어 좋아라.

민초의 영혼

점이 점을 만나
선을 그었고
선이 선을 만나
땅을 일구어 잘 사는 세상을 지었다

생각이 생각을 열어
삶을 지었고
삶이 삶을 만나
원조를 주는 영혼을 심었다

너도나도 한 마음
민초의 가슴 품고서
그대와 나 새로운
코리아Korea 종소리 울려 퍼지는
코리아 드림
안여순화顏如舜華*
만만세 열어가는 모습을 닮았네

* 안여순화(顏如舜華) : 얼굴이 무궁화 꽃처럼 아름답다는 뜻으로 매우 예쁜 여
  인을 가리키는 말.

민초의 바람

사사건건
사람들에 살아가는 공간
잎이 돋아
꽃을 피우고
바람이 되어 시간에 나뒹군다.

시시각
세상의 공간 속에 나눔
열매를 맺고
바람에 다 털려
또 사람 사는 꽃밭을 일군다.

그렇고 말고다 비었다고, 다 채웠다고
뿌리가 뽑혀
침묵을 깨우는 일은 없을 거야
민초의 바람으로 사람 사는 세상
내일도 있으니까요

민초의 생각

동백아가씨 부르다
몸도 마음도 부산 갈매기 노랫가락
좋아라, 그리워했던 산업화 현장

나라 걱정
형님은 근력의 노동으로
누님은 손놀림 노동으로
산업화 공간 속에서 희망을 심을 때

지친 심신에 생살을 심었지
일은 땀으로 생각은 미래로
돈은 고국에 부귀를
삶은 행복 속에 있었기에

조국은 원조를 받던 나라에서
원조를 주는 나라로 오늘날
민초의 생각은 우리의 힘으로
자손만대 이음으로 내일이 있으니
대한민국 만만세 좋아라.

* 대한민국: 원조 수여국에서 세계 8위의 교역국으로 고도 경제성장의 오늘날을
  이룸.

민초의 봄

봄이 오는 날
쏟아지는 민초의 생각을 심으니
여름이 살포시 찾아든
잎으로 살리라 불러 모은 햇살
잎새는 흔들리는 바람 따라
가을이 어김없이 찾아드니
형형색색 천지에 물들인
그 마음이 자연일세
울긋불긋 시 한 수
짓는 겨울이 찾아오면
앙상한 가지마다 하얀 옷을 입는
틈과 틈에서 하얀 깨달음
이 계절 다 품는
비워야 할 여운이 익은
민초의 봄
새로운 봄날을 맞이한다

민초의 사랑

나무야
나무야
잡새 소리 담은 잎사귀
부지런히 끌어안았지

잎사귀야
잎사귀야
한 나절 개미 쉬어갔던
수목 그늘이 늘 친구가 되었지

개미야
개미야
해 뜨는
영롱한 아침이슬 언제나 봄 날

그렇게 살아가
잎사귀 사랑
오색등 가을에 사랑 타령 흩날릴 때
나는 너에게
고작 사랑을 고백 한단다
민초의 사랑 가져가라고

민초의 유년

선비고을 탐험하다
화림동 계곡에 이르니
달을 가지고 노닐던
농월정자는 어디 가고
소꿉친구 아성만 들리는고.

코흘리개 줄을 지어
소풍놀이
춤추었던 옛 짝지 어디에 사는지
저 맑은 물
대답이라도 하듯이
유유히 흐르며 반기는가.

함양이 낳은
그대의 영혼들이여
작은 빗방울이 큰 강물이 되듯이
헐헐 행복 찾아 더 넓은 바다로 흐르자구나

* 화림동계곡 : 함양군 안의면 소재로 선비길 트레킹으로 동호정, 군자정, 농월정
  등으로 여행길로 좋은 곳이다.

민초의 화안

조선이 낳은 안의현安義縣*
지성의 품성
인仁, 의義, 예禮, 지智, 신信
물레방아 도는 내 고향

당본(1792년 정조16년) 거점으로
물 좋고
산 좋은 경계를 허무는
자연 품은 정자가
선비의 정신으로 곳곳에
자연 품은 정자는
지성을 담은 자자손손
내리 사랑을 품고서
민초의 음성
화안의 미소가 자자손손
선비의 정신으로 물드네

*안의현 : 경상남도 안의면의 경우 조선시대 안의현이었다가 일제강점기 읍면
　　　　통합으로 인해 함양군에 편입된 곳이다.

민초의 정원

山 정상을 향해
오를수록 숨이 가파른
갈림길
저 청명한 하늘을 만난다.

山 정상에 머무는 시간
내려다볼수록 가슴 터인
상상일
아름답게 멀리 펼쳐진다.

山 정상 머무는 동안
자연 정원 앞에 펼쳐진
민초의 생각
머물수록 바동바동 달려온 인생 같아
민초의 정원
나눔의 책장을
자연 정원 뜰에 살포시 넘긴다

민초의 눈치

울릉도 동남쪽
민초의 혼들이 머무는
독도
깊은 울음을 내지르며
민초의 눈치
아득한 저 바다 얼싸안고
그이의
가야 할 일 심어 놓았네!

끊임없이
출렁이는 파도는
민초의 소리 바다를 만나다
독도는 우리 땅

자연을 거스르지 않고
사람의 몸 바르게
절묘한 만남이다
내 처음으로 사랑 고백
하였네.

독도는 우리 땅
사랑이 깊을수록
너덜너덜해진 가슴을 부여잡고
해야 할 일 열어 놓았네.

* 민초의 이야기: 순수 민초의 비유는 나 자신과 비슷한 보통사람으로 볼 수 있
  으나, 본 이야기 시상들은 작가의 생각, 독도의 우리 땅, 작가의 고향의 중심으
  로 언어의 조합이 다소 부적절 하더라도 이해를 구합니다.

* 독도 : 행정구역상 경상북도 울릉군 울릉읍 독도리 1~96번지에 걸쳐있다. 동
  경 131°51′~131°53′, 북위 37°14′00″~37°14′45″에 위치한다. 옛날부터 삼봉
  도(三峰島) · 우산도(于山島) · 가지도(可支島) · 요도(蓼島) 등으로 불려왔으며,
  1881년(고종 18)부터 독도라 부르게 되었다.

* 민초(民草) : '백성'을 질긴 생명력을 가진 잡초에 비유하여 이르는 말: 이름 없
  는 민초들/엎드려 바라옵기는 왕은이 넓고 넓어 하늘 아래 구석구석 민초에게
  도 융숭하옵시거니와…. 《박종화, 금삼의 피》

민초의 바램

내 이름 동해東海

역사적 교훈

대한민국大韓民國 살아 숨 쉰다

내 이름으로 불러다오

동해바다East Sea

대한민국 근본

참 이름

독도Dok Do 이여라

스마트한 세인世人

초연결 사회 좋은 가르침

독도는 우리 땅

우리We

독도Dok Do

사랑Love 키워드

민초의 바램입니다

* 독도(Dok Do) : 경상북도 울릉군 울릉읍 독도리에 있는 섬. 면적:187,554㎡(동
  도 73,297, 서도 88,740, 부속도 25,517)

제5부

중년의 길 위에

반성의 연리지

찌푸린 날씨
보는 만큼이나 고달프다
종잡을 수없는
세인의 욕심이 뒤섞인
여기
저기서 아우성이 뒤섞인

찌푸린 얼굴
보는 만큼이나 영글어져
바람은
세인을 울리고
황사는
세상을 엮어서
빠르게
느리게 재활을 꿈꾼다.

모두 얼싸안은
반성의 연리지
멈추지 않은 시간을 부르네!

＊연리지: 뿌리가 다른 나뭇가지가 서로 엉켜 마치 한 나무처럼 자라는 현상.

남덕유산에서

덕유산
언덕배기에서
석양이 질 때까지
중년의 멋
다듬어진 율동 따라
생기 넘치는 경기 율 속에
땅, 공을 치는 스카이뷰 CC*
소꿉친구 우정은
예전이나 지금이나
서로를 안아주는 발걸음들이

서로 반세기
떠돌며 다른 삶
지었던 죄인 듯
중년의 시간은
좋아도 웃고 싫어도 웃는 시간들
첩첩산중 하루살이나 다를 바 없지만
가을 햇살이 분주해서

〉
해와 달이
저 언덕 언저리
어둠이 밀려와 새날을 덮어도
중년의 오늘은
또 만나는 우정 기약에
시간은 멈출 줄 모르네!

.

* 스카이뷰 CC : 함양균 서상면에 위치한 골프장으로 남덕유산의 조화로운 대
자연으로 빼어난 풍광이 예사롭지 않다.

해운 아리랑

해운海雲 그 이름
얼씨구 아리랑
아리랑 청정바다
푸른 하늘 벗 삼아 한세상 노닐세!

장산長山 그 이름
아리 아리랑
옥녀봉 산자락이면 어떠하리.
한세상 운봉 서산에 올라보세

그 이름 천년만년
아리 아리랑
가락 장산국으로 맺은 인연
얼씨구 좋구나! 좋아
아라리요 해운대 이름이여

춘천春川 그 이름
해운대 아리랑
그리워 스미는 사연마다

해변을 만나
나그네들 불러 모으니
아리 아라리요 내 사랑 해운대

얼씨구, 해운대
한 고개 돌면 문인의 정원이요
십오 굽이돌면 구덕포 아리랑
절씨구, 두 고개 넘으면 반송 아리랑
아리 아리 아라리요
잘 살아보세 해운 아리랑
해운대 이름으로 우리 모두

* 해운대: '해운대'라는 이름은 통일신라시대 문인이었던 최치원 선생이 방문했
  다가 주변 풍광이 너무 아름다워 자신의 호 해운(海雲)에서 붙인 지명이다.

쉰 넘은 일상

아름다운 임들이
석양을 등에 지고
섭자리
등대가 반짝일 때
쉰 넘은 서넛 만났지요.
쉰 넘도록
아직 풀리지 않은 이야기에
괜찮아요!
진실은 무르익어만 간다.
누군가 말하지 않아도
취하여라.
부딪치어라
마음과 가슴 담은 술잔
건배, 아싸
이토록 아름다운 중년이 될 줄이야
다시 만나는 날
사회의 흔적으로
다시 중년의 일상으로 돌아가리라

중년의 여인

지천명知天命
바라만 본 여인

겨우내 움츠리고
퍼트린 시련의 꽃처럼
짙은 화장은 아니더라도
볼그스레한 한 송이 꽃으로
다인多人이 찾은
인성의 향기로
예쁘게
지하철 유리벽에 나비되어 앉는다.

지천명知天命
또 바라만 본 여인
자연의 숲이 어울려져
새들이 모여 살게 하듯
꽃다운 꽃의 이름으로
인성의 나비되어
살포시 미소 건네는 중년의 여인

* 지천명(知天命) : 하늘의 명을 알았다는 뜻으로 나이 50세를 비유적으로 이르는 말.

중년의 추억

음악을 듣고
차도 마시고 임도 만나는
보리수 음악다방
김정호 "작은 새" 신청곡을 내었다
늘 소녀는 오지 않았지만
소녀의 마음을 담아주는 DJ
창가에 홀로 앉은 체크남방 총각이
신청한 곡입니다
어쩜, 금방
소녀가 문을 활짝 열고 들어올 것만
같은 심신을 담아 주었다
그날부로
자주 들려 채은옥 "빗물" 번갈아 들으며
조용히 그녀를 기다렸다
그녀는 그날에도 오지 않았다
만약 그날에 그녀가 온다면
햇살이 오직 새벽을 여는 사람은
당신뿐이었어요
고백하고 싶었다.

강산이 몇 번이 바뀌어도
그녀는 아직도 오지 않았다
오늘 이은하 "아직도 못 다한 사랑"
들으며 그대를 맞이하러 가야겠다.

* 보리수 음악다방: 1980년대 지금의 양산시 중심에 있었던 다방. 부산 동래에서
  양산군으로 가는 국도는 당시 비포장도로로 작가의 고향과 많이 닮아 자주 찾
  았다. 양산은 그 당시 눈이 큰 예쁜 단발머리 소녀를 짝사랑한 한 소년의 아련
  한 추억이 있어 오늘날도 가끔 찾고 싶은 도시이다.

중년의 향기

왔다가
갔다가
까닭 모를 외로움
그대의 향기香氣
넉넉하고 뽀송하여라

새처럼 날아
여기인들
저기인들
녹여드는 그대의 향기
헐헐
숨 쉬는 오늘이어라

기다림
찾아올 듯 말듯
그대
그곳이
찾아드는

그대의 중년의 향기 보고 싶어라

＊香氣 : 꽃, 향, 사람, 향수 따위에서 나는 좋은 냄새.

중년의 술잔

가지마다
꽃이 지고
잎이 돋아
향연의 그리움 맞이하듯
중년의 일상은 푸르구나!

오색 잎
물들인 세상이 오면
자연바람이 시집을 보내듯
중년의 둥지는 아름다워라

사색이 시각을 안고
새로운 봄
꽃으로 마중 나오듯
천지인天地人* 인연
중년中年의
술잔에 시심을 비우는구려.

*天地人 : 우주의 주장이 되는 하늘과 땅과 사람을 통틀어 이르는 말.

중년의 바다

비가 내려도
같은 하늘 아래
우산 쓰고 걸어가야겠지요!

만약
비가 오지 않아도
강물 같은 이름으로
유유히
기다리며 살아야겠어요!

비가 갠 날
하늘은
사계절 강산을 부르고
강물은
실개천 품는
바다 같은 큰사랑
새기며 더불어 살아가야겠지요!

살아생전

밥상머리 나눔
오늘도 비가 오려나(중얼중얼)
부모님
먼 길가는 소리
그리워지는구려.

* 작가 중년: 철부지 소년이 함양. 거창 등에서 유년의 정서를 담아 푸른 꿈을 펼
친 부산은 청년의 바다였다. 그런 열정의 시간을 건너 오늘날 중년의 바다는 「실
개천 품는 바다 같은 큰 사랑」 시어를 닮아 피어난 한 송이 중년의 꽃이 되었다.

그 곳에서 중년

사람 냄새 나는
그곳에서
부족한 생각을 더하고 싶다

지천명 꽃피우는
그곳에서
나불나불 푸름 속삭이고 싶다

자연이 녹여 내리는
그곳에서
누런 들판 웃음꽃을 물들이고 싶다

겨울이 오기 전에
마음을 부르는 그곳에서
훨훨
나르는 새처럼
세상사
산이 좋아 바다가 좋아
자연의 정원에 살고 싶은 중년

중년의 상봉

조선시대 安義縣
선현들의 혼들이 숨쉬는
咸陽 居昌

칠월칠석
은하수 사이에 두고
견우와 직녀가 만나는 듯

지리산 정기
덕유산 정기
모두 福 받은 성품이여

오고가는 相逢 중년의 멋
언제나 고향이 좋아
타향에서
꿈과 희망의 유년을 찾아
서산에
지는 노을에 함께 하여 좋아라!

＊안의현 : 지금의 경남 함양군 안의면 · 서하면 · 서상면, 거창군 마리면 · 위천
　　　　면 · 북상면 일대의 조선 후기 이름. → 안의현

중년의 나들이

반세기 담았던 미소
남태평양 구름에 일렁이고
섬들의 세사 여유를 품는다!

묵향에 참았던 사람 냄새가
울긋불긋 옷 갈아입고
속살 드러내는 꽃향기에 취하여라.

뭘 담았기에
그저 푸르게 더 푸르게만
숨 쉬는 거리
Waikīkī 해변 낙조에
하루해를 힘껏 마신다!

새 아침이
오늘날까지 머무는 중년의 나들이

* 와이키키(하와이어: Waikīkī)는 호놀룰루 근처에 있는 도시이다. 하와이 주 오아
  후 섬의 남부 해안에 위치한다. 와이키키는 하와이 어로 "용솟음치는 물"을 의
  미한다.

중년의 봄

봄이 오는 날
홍매화
꽃향기 길목마다
하얀 목련꽃이
돌담 넘어 고개 내민
연민의 향기를 품는다!

春來는 가끔
아침을 다그치는
이름 없는 이름으로
사람 냄새
봄 마중으로
살포시 사랑을 건네

봄
향연에 춤을 추네!
중년의 봄
꿈꾸는 세상
펼쳐 보라고

詩心

지천에 부는 바람
그때나
지금이나
똑같은 시심詩心
천지天地에 있어 좋아라.
중년의 뜰 앞에

靑春

꽃
이름
바람
지천에 향기이었어!
세상
하얀 중년
평생
꿈 많은 청춘靑春이어라

중년의 스승

산들산들
꽃에 나비가 날아들듯
찾은 가야공원
삼삼오오
동의지천東義知天*
청춘의 꽃밭이라
사계절
덩실덩실
학춤을 추는 듯
한 시절 꿈많은 청춘
두 시절 배움의 연결
세시절 후진양성 동의학원
청춘들의 향기에
스승들의 향기에
건학이념 무언의 향기들
온누리에 있어 좋아라

*동의지천(東義知天) : 동의대학의 건학이념이다. 현) 동의대학 교수로 활동 중

중년의 사랑

설익은 감
빨강
홍시가 되기까지
푸른 잎
하나
그리고 또 하나
바람 따라
내려놓고
중년의 사랑
가버린 가을사랑 닮아
그리움
그리고 또 그리움 포개야
청명 하늘에
빙글빙글 노래하겠지

중년의 사랑
향긋한 향수 따라
가을 사랑 떠나는 멋이 될 줄이야.

중년의 집

내가 찾은 뒤뜰에
장미꽃이
웃고 있다면
분명
우리 집이다
봄
가을
여름
겨울
바람이 불었고
중년의 집
향기가 머물고
중년의 내일은
산들산들 바람 찾아온다면
이 또한
우리 집의 화안和顏이다

* 和顏(화안) : 꽃같이 아름다운 얼굴.

스마트폰*

나는 누구인가
몰라 중년이겠지
그래도 좋아요
쿡쿡
디지털 그다음

왜냐고 묻는다면
소설도 쓰고
사람도 엮어
이미지도 찍어
하하, 스마트 중년의 멋
그럼
너, 스마트폰
넌 누구의 자손이냐

* 스마트폰(smart phone)은 PC의 소형화된 운영 체제를 탑재한 기기에 무선 전
화 통신 가능한 하드웨어와 소프트웨어 모듈이 추가된 휴대 전화이다.

해설

달빛 그을음, 그 따뜻한 감성의 회복을 꿈꾸며

문선영(문학평론가 · 시인 · 동아대 교수)

달빛 그을음, 그 따뜻한 감성의 회복을 꿈꾸며

문선영
(문학평론가 · 시인 · 동아대 교수)

1.

"청춘을 보낸 바다가 있는 항구도시 부산에서/ 청춘으로 자연과 함께한 시간은/ 상상의 가치는 마치 숲이 우거지면 / 새가 모여드는 것처럼/ 내면에 있는 시간들은 저 넓은 바다를 향해/ 꿈을 꾸는 시간, 꿈을 펼치는 일상은/ 달빛 그을음이 되어 늘 살아가는 길목마다/ 곱게 밝혀주는 편안한 마음의 달빛이 되어 주었다."(「시인의 말」)

어떤 상황이든 '두 번째' 도모하는 일은 예상보다 힘겹다. '첫 번째'에 대한 무한한 책임감과 '세 번째'에 대한 막연한 기대감 때문이다. '또랑 놀이'에서 '달빛 그을음'으로 넘어오는 길이 시인에게 그리 평탄치만은 않았을 지도 모른다. 그러나 '또랑 놀이'를 거쳐 시인의 발걸음이 '달빛 그을음'에 닿은 걸 보면 그 길이 견디지 못할 만큼 험난하지는 않았으리라 짐작한다. 다행이다.

시인도 무릅쓰고 두 번째 시집을 묶는다. '달빛 그을음'이라는 제목으로. 달빛 그을음은 부산 사람이라면 사랑스러운 장소로 알고 있는 문탠로드에서 그 흔적이 발견되는 것이다. 선탠과 대칭되는 달빛 그을음. "꿈을 펼치는 일상은/ 달빛 그을음이 되어 늘 살아가는 길목마다/ 곱게 밝혀주는 편안한 마음의 달빛이 되어 주었다"고 시인은 「시인의 말」에서 말하고 있다. '달빛 그을음'을 시집 제목으로 정했을 때부터 시인의 의도는 분명해 보인다.

2.

『달빛 그을음』은 '꽃의 이름으로', '이야기 길', '마중 가리라', '민초의 이름으로', '중년의 길 위에서', 이렇게 모두 5부로 꾸려져 있다. 각 부의 이름만으로도 달빛 그을음의 시적 서사가 어렵지 않게 만들어진다.

'꽃의 이름으로'에서 시인은 존재의 인식으로부터 시적 사유를 펼친다. 두루 알려진 대로 이름은 존재의 정체성을 아우른다. 한 존재가 특정한 가치와 의의를 지니도록 명명하는 것이 바로 이름이다. 시인은 다름 아닌 꽃으로 이름의 의미망에 대해 천착하고 있어 눈길을 끈다. 흔한 듯 하나 결코 흔하지 않은 꽃.

꽃의 이름으로
꽃망울로 몽글 맺힐 때까지
얼마나

꽃의 이름으로 피기까지
얼마나

꽃으로 피어나
향기로운 내면을 주기까지
얼마나

꽃으로 꽃의 이름으로
아름답게 살기까지
얼마나

꽃으로 살다가
떨어져 아플 때까지
얼마나

꽃의 이름으로 썩어서
흙에 묻힐 때까지
얼마나

꽃의 이름으로
다시 태어나기까지
얼마나

꽃의 이름으로
깨달음 있을 때까지
얼마나

향기만 가득하니
너의 꽃은 꽃이로다.

– 「꽃의 이름으로」

"꽃의 이름으로/ 꽃망울로 몽글 맺힐 때까지" "얼마나" 많은 인고의 시간을 견뎠을까. "꽃의 이름으로 피기까지/ 얼마나" 큰 기쁨과 호기로움으로 행복했을까. "꽃으로 피어나/ 향기로운 내면을 주기까지" 그리고 "꽃으로 꽃의 이름으로/ 아름답게 살기까지/ 얼마나" 견고하면서도 정갈함을 잃지 않으려 했을까. "꽃으로 살다가/ 떨어져 아플 때까지", 그런 후 "꽃의 이름으로 썩어서/ 흙에 묻힐 때까지/ 얼마나" 의연함과 숙연함으로 마음을 닦았을까. "꽃의 이름으로/ 다시 태어나기까지", 그리하여 "꽃의 이름으로/ 깨달음 있을 때까지" 또 꽃은 "얼마나" 사랑과 환희의 슬픔 그 유연함에 온 몸과 마음을 맡겼을까.

"향기만 가득하니" 존재하는 것은 그러므로 최선이라는 말이다. "너의 꽃은" 그래서 다름 아닌 "꽃"인 것이다. 시인은 이렇듯 '꽃의 이름으로' 온갖 존재의 정체성을 헤아리고 있다. 생명과 사람살이의 모든 감동을 가슴 벅차게 그러나 진솔하게 시로 형상화하고 있는 것이다.

그러므로 아래 시에서 보이는 것처럼 "나"에게 의미 있는 모든 것은 곧 "꽃"이 된다.

> 너는
> 봄이 오는 날 예쁜 꽃으로
> 나는
> 아름다운 사계절 화려한 변신으로
> 너는
> 여름날 푸른 잎 새 생명으로
> 나는
> 늘 세월 길목마다 신바람을 안는다.

너는
앙상한 가지마다 함박눈꽃으로
나는
웃음꽃으로 사계절 따라 세상을 마신다.
너는
꽃이로다.
나는
이 강산에 살기 좋은 사계절을 심는다.

-「너는 꽃이다」

"너는/ 봄이 오는 날 예쁜 꽃"이고 "여름날 푸른 잎 새 생명"이고 눈 내리는 겨울날 "앙상한 가지마다" 피는 "함박눈꽃"이다. 이에 나는 "아름다운 사계절 화려한 변신"을 꾀한다. 왜냐하면 "나"와 "너"는 상보적인 관계이기 때문이다. 곧, 시적 화자가 호명하는 '너'는 시적 화자의 정체성을 결정짓는 귀하고도 소중한 존재이기 때문이다. 그래서 "나는/ 늘 세월 길목마다 신바람을 안"고, "웃음꽃으로 사계절 따라 세상을 마"시는 것이다. "너는/ 꽃이"고, "나는/ 이 강산에 살기 좋은 사계절을 심는" 것이다. 관계의 의미망 속에서 삶의 의미망을 찾아나가는 시적 화자의 경건함이 돋보이는 작품이다.

그래서 시인은 자연의 순리에 순응할 수밖에 없다. 아니, 순응하는 기쁨을 느낀다. 이렇듯 사람살이의 순리를 체득해나가는 과정으로서 두 번째 시집이 자리하고 있고, 특히 1부에서 그 의도가 선명하고도 따뜻하게 드러나는 것이다. 시인이 채택하는 시적 원리는 그러므로 자아와 세계의 동일성을 꾀하는 서정성이다.

봄이 찾아오면
눈을 지그시 감고
봄 마중가리라

여름이 되면
연녹색 날갯짓으로
오늘 일기를 쓰리라

가을이 오면
살며시 내려놓고
전율하는 심장을 불러 세우리라

겨울이 되면
겸허하게 살려는 세상
모두 사랑하리.

— 「사계절마다 사랑하리」

자아와 세계의 동일성은 궁극적으로 화해와 조화의 세계를 꿈꾸는 세계관을 지닌다. 이러한 동일성의 세계에서는 자아와 세계 사이에 갈등이 없으므로, 그 어떤 거리감이나 차이ㆍ차별도 없으므로 온전한 합일체를 꾸릴 수 있다. 이는 이러한 서정성을 담보로 하는 서정시에서 가능한 일이고, 시인은 그 서정시의 시적 세계관을 1부에서 아낌없이 보여주고 있는 것이다.

봄과 여름과 가을과 겨울은 제각기 다른 속성을 지녔다. 그래서 각각을 대하는 삶의 태도와 인식은 다를 수밖에 없다. 그러나 자아와 세계의 동일성을 희원하기에 봄과 여름과 가을과 겨울은 시인에게 다르지 않다. 물론 여기서 다르지 않다는 것이 같다라는 의미는 아니다. 각 존재가 시인의 성정 속에서 조화를 이룬다는 말이다.

그래서 시적 화자는 "봄이 찾아오면/ 눈을 지그시 감고/ 봄 마중"을 나갈 마음을 품고, "여름이 되면/ 연녹색 날갯짓으로/ 오늘 일기를 쓰리라" 다짐하는 것이다. "가을이 오면" 자신을 두르고 있는 갖가지 기쁨과 슬픔의 짐들을 "살며시 내려놓고/ 전율하는 심장을 불러 세우리라" 계획을 세우고, 그리하여 마침내 "겨울이 되면/ 겸허하게 살려는 세상/ 모두 사랑"하게 되는 것이다. 이러한 자연의 순리를 체득해나가는 과정들은 갈등을 거쳐 조화에 이르는 헤겔이 말하는 정반합의 과정이라기보다는. 처음부터 조화를 전제로 하는, 그저 순한 눈으로 세상을 바라는 자아와 세계의 동일성 덕분이다(1부만 보면 그렇다).

따라서 시인에게 자아와 세계의 관계는 아래 시처럼 "나뒹굴어" 하나가 되는 동일성을 이루는 관계이고, 이런 관계일 때에만 시인에게 의미 있고 아름다운 관계가 되는 것이다.

> 너와 내가
> 뜨겁게 부둥켜안고
> 나뒹굴어야
> 서로 사랑을 느끼듯이
>
> 원두커피와 내가
> 얼음 둥둥 띄워
> 긴 막대기 쿡쿡 떠밀어
> 나뒹굴어야
> 서로 하나의 맛이 되듯이

어떤 인연과 나
언제나
골고루 나뒹굴어야
세상은 온통 아름답겠지

− 「나뒹굴어야」

　우리는 더 나은 세상을 꿈꾼다. 어제보다는 오늘이 낫기를 바라고 오늘보다는 내일이 낫기를 바란다. 그래서 유토피아 개념이 우리 뇌리 속에서 떠나지 않는 것인지도 모른다. 여기서 시인에게 유토피아는 자아와 세계가 "서로 하나의 맛이 되"는 세상이다. "너와 내가/ 뜨겁게 부둥켜안고/ 나뒹굴어" "서로 사랑을 느끼"는 세상이다. "어떤 인연과 나"가 "언제나/ 골고루 나뒹굴어" 온통 아름"다운 "세상"이 되는 세상이다.
　여기서 시인이 평등한 시선을 지니는 점이 눈에 띈다. "골고루" 덕분이다. 여럿이 다 차이가 없이 엇비슷하거나 같은 것이 고루고루, 곧 "골고루"가 품고 있는 뜻이다. 그러니까 시인이 바라는 아름다운 세상은, 자아와 세계가 차이나 차별이 없는, 그래서 온전히 하나로 만나는 조화롭고도 사랑이 가득한 세상인 것이다.
　이러한 세상의 풍경 속에 시인은 이야기를 담는다. 세월을 살아내면서 시인 마음속에 차곡차곡 담게 되는 이야기들.

아버지
아침을 여는 헛기침은
저 산 너머
긴 인연들의 뚜렷한 타종소리

낮은 걸음으로
밝은 모습으로
언제나 저 너머
이웃들과 삼라만상
꽃으로 피었지
아버지 아들이
아침을 여는 헛기침은
저 바다 한 시절 뿔그스레한
아슬아슬함이었어.
낮은 메아리 걸음으로
밝은 그리움 모습으로
언제나 그 바다의 자유분방
풍경 속으로
펼쳐지는 삼라만상 판치라하네.

– 「풍경 속으로」

    표면적으로 보면 아버지와 아버지 아들은 각기 다른 풍경 속에 앉아 있는 것처럼 보인다. "아버지"가 "아침을 여는 헛기침은 / 저 산 너머/ 긴 인연들의 뚜렷한 타종소리"를 닮았다. 그래서 "낮은 걸음으로" 그러나 "밝은 모습으로/ 언제나 저 너머/ 이웃들과 삼라만상/ 꽃으로 피"는 것이었다. 한편, "아버지 아들이/ 아침을 여는 헛기침은/ 저 바다 한 시절 뿔그스레한/ 아슬아슬함이었"다. 그것은 또한 "낮은 메아리 걸음으로/ 밝은 그리운 모습으로/ 언제나 그 바다의 자유분방/ 풍경 속으로/ 펼쳐지는 삼라만상"이었다.

    아버지와 아버지 아들은 다른 듯 닮았다. 아침을 여는 아버지의 헛기침이 "뚜렷한 타종소리"라면 아들의 헛기침은 "아슬아슬

함"이라 언뜻 차이가 있어 보인다. 그러나 "삼라만상/ 꽃으로
피"우는 마음자리와 "바다의 자유분방한/ 풍경 속으로 펼쳐지는
삼라만상" 그 자체는 닮았다. "밝은 모습"으로 대하는 세상 풍경
이어서 더더욱 닮았다. 가족의 이야기를 풀어내는 시적 서사가
흥미롭고도 따뜻한 작품이다.

　이러한 삶의 풍경들은 시인에게 이야기 길을 오롯이 내어 주
는데, 그 사연 많고 끈끈한 이야기 길이 시인의 이야기 따라 펼
쳐진다. 여기에는 시인이 마음을 한껏 푼 부산 곳곳과 삼어 마을
들이 배경이 되고 있다.

> 날마다
> 동쪽 와우 산 지평선에
> 붉은 해 하루를 밝힙니다!
> 서쪽하늘에
> 동백섬 이고지고
> 나그네 품에 안겨
> 세상사 일구어 냅니다!
> 백양산 서쪽에
> 가물가물 해넘이
> 내일 또다시 떠오르는 붉은 해
> 너와 나
> 손잡고 마중 갑니다.
> 북쪽에
> 반짝 별 수놓은 밤하늘
> 동네방네 웃음으로
> 황홀한 밤 속삭입니다.
>
> － 「동백섬 이고지고」

2부 '이야기 길'에는 해운대 관련 작품들이 많다. 16편 가운데 6편이 해운대를 노래한 작품들이다. 「삼포로 가는 길」, 「문탠로드」, 「해운대 시장」, 「해운대 갈맷길」, 「삼어 마을」, 그리고 위의 작품 「동백섬 이고지고」 등이 그것이다. 시인에게 해운대는 다른 곳과는 구별되는 삶의 이야기들이 의미 있게 깃들어 있는 곳이겠거니 짐작한다.

  위 작품에서 시적 화자는 "해" 이미지를 중심으로 사람살이의 뭉클함과 희망을 예견하고 있다. "날마다/ 동쪽 와우 산 지평선"에 걸리는 "붉은 해"는 "하루를 밝힌다." "서쪽하늘에/ 동백섬 이고지고/ 나그네 품에 안겨/ 세상사 일구어" 내기도 한다. "백양산 서쪽에/ 가물가물 해넘이" 그리고 "내일 또다시" "어김없이 "떠오르는 붉은 해"가 있다. 그러니 고맙고 반가운 마음으로 "너와 나/ 손잡고 마중" 가지 않을 수 없는 일. 게다가 "북쪽에/ 반짝 별 수놓은 밤하늘" 배경으로 "동네방네"는 "웃음으로" 넘치고 "황홀한 밤"은 속절없이 깊어가는 따뜻한 삶의 풍경들이 깃들어 있다. 묘사로 서사를 환기시키는 「동백섬 이고지고」는 "이고지고"에서 이미 시적 서사를 내포하고 들어가는 작품이기도 하다.

  아래 「삼어 마을」은 마을 이름 자체가 이야기를 담고 있어 흥미로운 작품이다.

  삼어三魚가 어사가 되어
  나라 부름을 받듯이
  삼어三漁가 강물을 만나
  바다를 품는다!
  우시산국 웃뫼 품어

수영강 대마도 노닐다
웃뫼에
장산에 이르니
옥봉산
석양에 천년 세월 삭이어
사랑 타령 그림자도 있어라

—「삼어三漁 마을」

    삼어 마을은 지명에 얽힌 설화를 품고 있다. 마을 세 곳의 돌탑이 어사 탑으로 어사가 세 사람 나왔다 하여 삼어 마을이라 불리게 된 것이라 한다. 마을 앞으로는 옥봉산이 지명으로 되어 있고, 뒤로는 장산이 지명으로 되어 있으며, 오늘날 해운대구 반여동 일대를 가리킨다. 이러한 설화를 시인은 이야기시로 풀어낸 것이다. 사람이 깃들어 사는 곳에는 이야기가 있을 수밖에 없고 시인은 이러한 이야기에 내밀한 애정을 보이는 것이다.

    시인은 오늘날 현대인의 삶의 이야기에도 눈길을 돌린다.

손 끝 부지런함으로
빠름 빠름을 불러댄다
언제 어디서나
빠름 연결이 대세인 세상
누가 우리를 부추기고 초라한 환경을
만들어 가는가!
아 서정 없이 정체불명의 말투까지
안아주는 세상
느림 치유는 누가 해줄까

—「빠름과 느림」

"빠름 빠름"을 불러대는 현대사회는 이제 4차 산업혁명까지 도래해서 인공지능의 등장 등으로 인간 또는 인간성 자체에 의문을 제기하는 상황에까지 놓이게 되었다. "언제 어디서나/ 빠름 연결이 대세인 세상"이 되어 버렸다. 그래서 우리가 사는 세상은 "초라한 환경"이 되어 버린 것이다.

여기서 시인은 '서정성'을 꿈꾼다. 서정성은 시의 원래 정신, 곧 자아와 세계가 하나가 되는 동일성을 추구하는 것이다. "빠름 연결이 대세인 세상"에서 시인은 "서정 없이" 흘러가는 세상, "정체불명의 말투까지/ 안아주는 세상"에서 "느림 치유"를 받기를 바란다. 서정성을 회복하기 위해서이다. 차이와 차별을 조장하지 않는, 화해와 조화를 추구하는 서정성을 누리기 위해서이다.

이러한 절박한 순간에 시인은 귀한 목소리를 듣는다. 지친 현대인으로 놓인 시적 화자에게 아래 시에서처럼 "쉬엄쉬엄" "쉬어 가라 하"는 위로와 용기를 주는 목소리.

> 손때 가득한 지게
> 등에 지고
> 인생의 무거운 짐 한 아름
> 오늘은
> 개울 건너 저 편에 쉬어 가라 하네
> 할미꽃 만발한
> 발길 닿지 않은 한적한 곳
> 무거운 짐 내려놓은 헐벗은 벗에게
> 보랏빛 꽃향기 봄소식 행복 안아주니
> 잠시
> 내려놓은 무거운 짐
> 금수강산이 부르는 언덕에서

이토록 달콤한 풍경일 줄이야
아아,
남은 세월 쉬엄쉬엄
늘
가슴 심장소리 함께 열어가며
살아가라 하네.

― 「쉬엄쉬엄」

'쉬엄쉬엄'이라는 제목에서부터 위로와 위안을 받는다. "인생의 무거운 짐 한 아름" 진 시적 화자는 "오늘은/ 개울 건너 저 편에 쉬어 가라" 하는 목소리를 듣는다. 그 목소리 덕분에 잠시 쉬는 그는 "잠시/ 내려놓은 무거운 짐"이지만 "이토록 달콤한 풍경"인 줄 미처 몰랐던 사실을 깨닫는다. 이어, 시적 화자는 쉬어가게 하는 그 목소리로 좀 더 강렬하게 뒤흔들린다. "남은 세월"을 "쉬엄쉬엄" 그리 살아가라 하는 게 아닌가. "늘/ 가슴 심장소리 함께 열어가며/ 살아가라" 그리 이르는 게 아닌가. 주어진 상황에 급급해서 무작정 앞만 보고 달리기만 한 시적 화자에게 "쉬엄쉬엄"을 권하는 목소리는 그래서 경고이자 위로인 셈이다. 그래서 따끔하면서도 따뜻하게 들리는 것이다. "쉬엄쉬엄!"

그래서 시인은 '마중 가리라' 다짐하게 된다. 우리를 환하게 만드는 봄을 마중 가리라 다짐하는 것이다. "쉬엄쉬엄" 덕분에 삶의 틀과 결을 섬세하게 볼 수 있는 여유가 생긴 덕분이 아닌가 한다.

운촌의 새벽을 일으킨 파도
따뜻한 봄 햇살

안아주기라도 하듯
은빛 물결로 나그네 붙잡는다.

새벽 시름에 일생의 편지 한 통
살랑살랑 부딪히듯
해풍의 안부편지
수평선 아득한 임 소식까지
얼씨구,
옹글 봄 새싹에 몽우리 얼싸 안는다

언제나 그랬듯이
봄은 어김없이 찾아오고
바람은 누구에게나 풍부하게 주었지
오늘은
싹이 돋아 손짓하듯
그대를 맞이하러
늘
봄 마중가리라

– 「봄 마중 가야겠다」

"언제나 그랬듯이/ 봄은 어김없이 찾아오고/ 바람은 누구에게
나 풍부하게 주었"는데, 예전에 시적 화자는 미처 몰랐다. "따뜻
한 봄 햇살/ 안아주기라도 하듯/ 은빛 물결로 나그네 붙잡는"
"운촌의 새벽을 일으킨 파도" 덕분에 시적 화자는 이제 삶의 틀
과 결을 살필 수 있게 된 것이다. 그래서 "오늘은/ 싹이 돋아 손
짓하듯/ 그대를 맞이하러/ 늘/ 봄 마중가리라" 예감하고 다짐하
는 것이다. 그래서 시적 화자가 곧 만나게 될 "그대"는 시인이 희
원하는 동일성의 원령과 아주 많이 닮아 있을 것이다.

하여, 다시금 달빛 그을음을 만난다. 청춘 시절부터 시인과 함께한 달빛 그을음이 아닌가. "늘 살아가는 길목마다/ 곱게 밝혀주는 편안한 마음의 달빛이 되어 주"지 않았는가. 그토록 친근하고도 애절한 달빛 그을음이 아닌가.

겨우내 까치들의 발자취로
해와 달을 품은 꽃망울 틀었다
봄 햇살에 여기도 저기도
번지 없는 꽃들에 가냘픈 날갯짓으로
인연들을 맞이하는가 싶더니
여름 내내 푸른 잎 더하여
덩실덩실 조건 없는 햇살을 맞으며
달빛 그을음 가을날엔
익을수록 갈라놓을 수밖에 없는 인연들도
빨강 입술엔
먹음직스러운 맛깔 사과
인간들과의 사랑
내려놓을수록
달빛 그을음 따라
자연으로 돌아가는 길이
참으로 아름답구려

– 「달빛 그을음」

"달빛 그을음"은 아주 매력적인 얼굴을 하고 있다. 선탠에서 유추해서 문탠을 달빛 그을음으로 부른다고 한다. 이때 달빛과 그을음은 서로 어울리는 것 같기도 하고 아닌 것 같기도 하다. 달빛과 그을음은 어두운 밤에 서로를 바라기에 어울리는 것 같기도 하고, 달빛은 환하고 그을음은 어둡기에 서로 어울리지 않은 것 같기도 하다. 아니, 서로 다르기에 어울리는 것 같기도 하다. 그래서 달빛과 그을음이 만나 합성된 달빛 그을음은 생각하면 할수록 아주 묘한 분위기를 자아내는 것이다.

위 시에서 시적 화자는 "달빛 그을음 따라/ 자연으로 돌아가는 길이/ 참으로 아름답"다고 한다. 세상사 인간사에서 멀어질수록 "아름답"다고 한다. 너무 잘 알고 있는 사실이지만, 자연에 비하면 인간은 너무나 세속적이고 탐욕스럽다. 그래서 사람들은, 특히 세상사를 겪으면 겪을수록 자연의 순리와 가치에 주목하게 되는 것이겠다.

중년에 접어드는 시인도 마찬가지가 아닌가 한다. 그래서 아래와 같은 작품이 자연스레 씌지는 것이겠다.

뒤엉켜 깔깔대며
코흘리개 만나는 자리마다
옛 엿장수
그리움이 찾아 왔지요

아저씨 나이가
내 나이가 되고
우리의 눈망울은 금세
아저씨 나이가 되어
허름한 리어카
가난도
히죽히죽 웃는 날로 찾아 왔지요

세상에 대한 성찰이 뒤섞인
시 같은 문장들에
산 좋고 물 좋은 선비의 고장

아 그리운 내 고향
코흘리개
그날이 찾아옵니다.

- 「꿈에 본 내 고향」

"옛 엿장수/ 그리움이 찾아"온 날, 깨달으니 문득 "아저씨 나이가/ 내 나이가 되고/ 우리의 눈망울은 금세/ 아저씨 나이가 되어" 있는 것이 아닌가. "꿈에 본 내 고향"에서 과거와 현재가 넘나들면서 세월의 무게를 가늠하는 것이다.

그래서 시인은 삶을 성찰하는 시간 속으로 유영한다.

찌푸린 날씨
보는 만큼이나 고달프다
종잡을 수없는
세인의 욕심이 뒤섞인
여기
저기서 아우성이 뒤섞인

찌푸린 얼굴
보는 만큼이나 영글어져
바람은
세인을 울리고
황사는
세상을 엮어서
빠르게
느리게 재활을 꿈꾼다.

모두 얼싸안은
반성의 연리지

멈추지 않은 시간을 부르네!

– 「반성의 연리지」

위 인용시에서 보이는 풍경은 어둡고도 우울하다. "찌푸린 날씨"와 "찌푸린 얼굴"이 가득한 세상이다. 황사와 인간의 욕심이 얽혀서 세상은 흐리고 아우성으로 가득하다. 그래서 "멈추지 않은 시간을 부르"는, "모두 얼싸안은/ 반성의 연리지"를 꿈꾸는.

여기서 "반성의 연리지"는 헤아릴 수 없는 메타포로 작용할 수 있는 계기를 마련한다. "찌푸린 날씨"와 "찌푸린 얼굴"의 의미망에 따라 "반성의 연리지"의 의미망이 형성될 것이기 때문이다. 표면적으로 보아도 의미망은 풍부하게 형성될 것 같아 보인다. 연리지 앞에 "반성의"라는 수식어가 붙어서 다양한 의미망을 기대하게 한다. 그 의미망은 물론 독자의 몫이다.

시인은 스스로 '중년'을 강조한다. 그래서 이번 시집 5부로 아예 '중년의 길 위에'라는 소제목으로 중년의 삶을 풀었다.

> 사람 냄새 나는
> 그곳에서
> 부족한 생각을 더하고 싶다
>
> 지천명 꽃피우는
> 그곳에서
> 나불나불 푸름 속삭이고 싶다
>
> 자연이 녹여 내리는
> 그곳에서
> 누런 들판 웃음꽃을 물들이고 싶다

>
겨울이 오기 전에
마음을 부르는 그곳에서
훨훨
나르는 새처럼
세상사
산이 좋아 바다가 좋아
자연의 정원에 살고 싶은 중년

–「그곳에서 중년」

쉰 넘은 일상, 중년의 추억, 중년의 향기, 중년의 술잔, 중년
의 상봉, 중년의 봄, 중년의 집, 중년의 사랑 등의 제목으로 시
인은 중년 탐구에 본격적으로 몰입한 것처럼 보인다. 이는 정체
성 탐구의 문제이기도 하겠다. 위 시에서 시인은 자신이 바라는
중년의 모습을 형상화하고 있어 다른 작품보다 눈길이 간다. 물
론 여기서 "그곳"을 해명하는 일이 작품을 해석하는 관건이 되
겠다.

"그곳"은 작품에서 네 군데로 제시되어 있다. "사람 냄새 나는
/ 그곳", "지천명 꽃피우는/ 그곳", "자연이 녹여 내리는/ 그곳",
"겨울이 오기 전에/ 마음을 부르는 그곳"이 그것이다. 여기서는
"그곳"이 어느 정도 추상적으로 제시되어 있다. 이러한 "그곳"에
서 시인은 하고 싶은 일이 있다. "사람 냄새 나는/ 그곳에서"는
"부족한 생각을 더하고 싶"은 것이다. "지천명 꽃피우는/ 그곳에
서"는 "나불나불 푸름"을 "속삭이고 싶"은 것이다. "자연이 녹여
내리는/ 그곳에서"는 "누런 들판 웃음꽃을 물들이고 싶"고, "겨
울이 오기 전에/ 마음을 부르는 그곳에서"는 "훨훨/ 나르는 새처

럼/ 세상사/ 산이 좋아 바다가 좋아/ 자연의 정원에 살고 싶은"
것이다. 그러한 곳에서 그리 사는 중년이 되고 싶은 것이다.

3.

  달빛 그을음은 소소함으로 때로는 고단함으로 살아가는 길목
에서 시인과 늘 함께했다. 시인에게 언제나 위로와 편안함을 주
는 마음의 달빛이 되어 주었다. 이러한 달빛 그을음은 많은 이들
에게 그리고 시인에게 그랬던 것처럼 위안과 평화로움을 선물할
것이다. 그래서 시인은 선물로서 달빛 그을음을 두 번째 시집에
따뜻하게 담은 것이다.

  여기서 시인은 자신의 정체성을 천착해 나갔고, 그 어떤 작품
들보다 자신에게 투영하게 다가감으로써 진솔한 언어들을 앞세
웠다. 이제껏 살아온 삶의 이야기로 자신과 자신을 둘러싼 의미
망들을 헤아렸고, 그 속에서도 "꽃"의 소중한 가치로 앞으로 삶
을 긍정적인 면을 강조했다. 이러한 작업들은 모두 달빛 그을음
덕분이다. 나아가 시인 자신도 그 누군가에게 달빛 그을음이 되
고 싶었던 것은 아닌가 한다. 그리하여 달빛 그을음, 그 따뜻한
감성을 회복하고 싶었던 것은 아닌가 한다. 자아와 세계의 조화
와 화해를 희원하는 동일성의 정신으로.

  1930년대 문학비평가 최재서는 "문학은 가장 가치 있는 체험
의 기록"이라고 했다. 시도 예외는 아니다. 이러한 맥락에서 시
인의 두 번째 시집은 의미 있게 읽힌다. 다음 시집에서 시인의
궤적이 어떻게 구현될지 궁금해진다.